Eric Carle · Die kleine Raupe Nimmersatt

Eric Carle

Die kleine Raupe Nimmersatt

dtv

**Ausführliche Informationen über
unsere Autoren und Bücher
www.dtv.de**

Aus dem Englischen übertragen von Viktor Christen

MIX
Papier aus verantwor-
tungsvollen Quellen
FSC® C013736

Ungekürzte Ausgabe
15. Auflage 2016
1981 dtv Verlagsgesellschaft mbH & Co. KG, München
© 1969 Eric Carle
Umschlagkonzept: Balk & Brumshagen
Umschlagbild: Eric Carle
Druck und Bindung: Kösel, Krugzell
Printed in Germany · ISBN 978-3-423-07922-8

Für meine Schwester Christa

Nachts, im
Mondschein,
lag auf
einem Blatt
ein kleines
Ei.

Und als an einem schönen Sonntagmorgen die Sonne
aufging, hell und warm,
da schlüpfte aus dem Ei – knack – eine kleine hungrige Raupe.

Sie machte sich auf den Weg,
um Futter zu suchen.

Am Mittwoch
fraß sie sich
durch drei
Pflaumen, aber
satt war sie noch
immer nicht.

Am Donnerstag
fraß sie sich
durch vier
Erdbeeren, aber
satt war sie noch
immer nicht.

Am Freitag
fraß sie sich
durch fünf
Apfelsinen, aber
satt war sie noch
immer nicht.

Am Sonnabend
fraß sie sich durch
ein Stück   eine   eine   eine   ein
Schokoladenkuchen, Eiswaffel,   saure Gurke,   Scheibe Käse,   Stück Wur

einen Lolli,

ein Stück Früchtebrot,

ein Würstchen,

ein Törtchen und

ein Stück Melone.

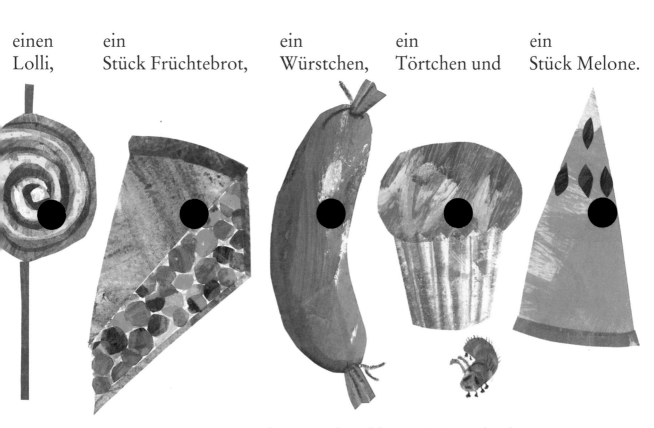

An diesem Abend hatte sie Bauchschmerzen!

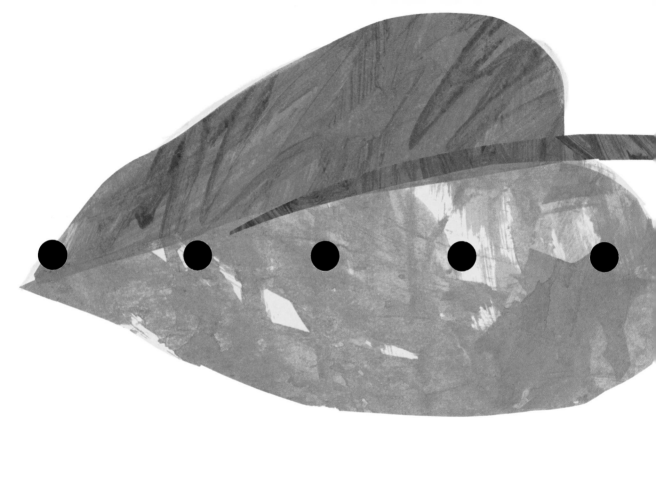

Der nächste Tag war wieder
ein Sonntag.
Die Raupe fraß sich durch ein
grünes Blatt.
Es ging ihr nun viel besser.

Sie war nicht mehr hungrig, sie war richtig satt.
Und sie war auch nicht mehr klein,
sie war groß und dick
geworden.

Sie baute sich ein enges Haus, das man Kokon nennt, und blieb darin mehr als zwei Wochen lang. Dann knabberte sie sich ein Loch in den Kokon, zwängte sich nach draußen und …

war ein wunderschöner Schmetterling!

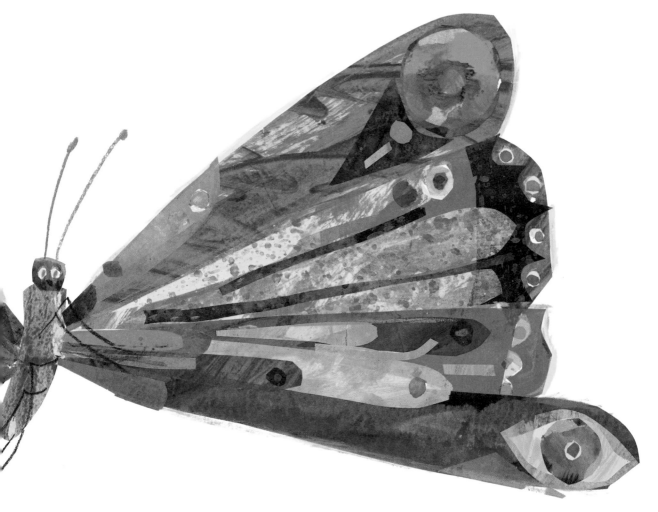

Eric Carle, 1929 in den USA geboren, in Deutschland aufgewachsen, erhielt seine grafische Ausbildung an der Akademie der Bildenden Künste in Stuttgart; er lebt zur Zeit in den USA im Staat Massachusetts.

Nach einer steilen Karriere als Werbegrafiker hat sich Eric Carle dem Bilderbuch zugewandt. »Die kleine Raupe Nimmersatt« wurde ein großer Erfolg. Bald darauf erschiene »Die kleine Maus sucht einen Freund«, »Gute Reise, bunter Hahn!«, »Das Pfannkuchenbuch«, »Wo mag nur meine Katz sein?« und viele andere mehr.

Eric Carles Bücher fanden Verbreitung in vielen Ländern und wurden mit internationalen Auszeichnungen bedacht.